ALS DE VLEERMUIZEN SLAPEN

Van Yennik Meert verscheen bij Davidsfonds/Infodok:
Een andere huid (12+)
De foto in mijn hoofd (12+)

YENNIK MEERT

Als de vleermuizen slapen

Met *illustraties van*
TOM SCHOONOOGHE

Davidsfonds/Infodok

Meert, Yennik
Als de vleermuizen slapen

© 2004, Yennik Meert en Davidsfonds Uitgeverij NV
Blijde-Inkomststraat 79-81, 3000 Leuven
Illustraties: Tom Schoonooghe
Vormgeving: Peer de Maeyer
D/2004/2952/07
ISBN 90 5908 097 1
NUR 282
Trefwoorden: echtscheiding

STICHTING NEDERLANDSE
KINDERJURY
2005

1.

Timo zat op de vensterbank in zijn kamer.
Hij keek uit het raam.
Er lag sneeuw op het gras in de tuin.
Timo wilde graag sleeën of een sneeuwman maken.
Dat kon nu niet.
Mama had gezegd dat papa hem zo meteen zou komen halen.

Hem en zijn grote broer Sander.
Timo wilde helemaal niet naar papa.
Hij wilde bij mama en Sim blijven.
Het liefst voor altijd.

Timo had altijd bij zijn mama gewoond.
Behalve om de week in het weekend. Dan ging hij naar
zijn echte papa.
Mark.
Voor Timo was Sim nu zijn papa. Sim heette eigenlijk
Simon.
Hij was de nieuwe vriend van mama.
Nu ja, nieuw, hij woonde al bijna acht jaar in hun huis.

'Timo?' Mama stak haar hoofd om de deur.
Timo keek haar aan en zuchtte.
'Klaar, jongen? Zo meteen komt je papa.'
Mark. Zo noemde Timo zijn vader.
Sander zei meestal alleen papa.
Want Sander vond dat Mark altijd zijn papa zou blijven.
Timo slenterde naar de deur.
Mama streelde even Timo's bruine haar en liep hem
achterna de trap af.

In de woonkamer zat Sander met zijn jas aan.
Timo begreep het niet.
Sander keek er iedere keer weer naar uit om naar zijn
papa te gaan.
Elke keer als er een auto voorbijreed, keek Sander naar

buiten. Honderd keer draaide hij zich teleurgesteld
weer om.
'Misschien is hij ons vergeten', zei Timo.
'Papa vergeet ons nooit', antwoordde Sander bits.

Sim kwam de kamer binnen en hield de krant onder
zijn arm.
'Zo jongens, klaar om te gaan?' vroeg hij.
Sander knikte en gaf Timo een por in zijn zij.
Timo haalde zijn schouders op.
Sim ging in zijn leesstoel zitten en sloeg de krant open.

Af en toe piepte hij eens over de rand.
'Heb jij buikpijn?' vroeg Sim.
Timo's handen drukten tegen zijn buik alsof hij
krampen wilde sussen.
Hij schudde zijn hoofd.
'Zeker van? Het lijkt alsof je pijn hebt.'
Toen stopte er een rode auto op de oprit.
Sander sprong op en liep naar de deur.

Sim legde zijn krant naast zich neer en nam Timo bij de
hand.
Hij hielp hem in zijn dikke winterjas en duwde een
muts op zijn hoofd.
'Kom op,' zei hij tegen Timo, 'maak er iets leuks van.'
Timo pruilde en zette een stap achteruit.
Hij draaide zich om en liep weg.
'Hé, krijg ik geen zoen?' vroeg mama en ze hurkte neer.
Timo liep mokkend naar mama en drukte een zoen op
haar wang.
'Geef Sim er ook maar een', fluisterde ze in zijn oor.

2.

Tijdens de rit stelde Mark de ene vraag na de andere.
Timo zat stil naar de witte huizen te staren.
Alleen Sander gaf antwoord.
In die witte huizen woonden kinderen die niet naar
iemand als Mark moesten.
Dat wist Timo wel zeker.
Hij zag kinderen die een sneeuwman maakten.
Kinderen die met de slee over de stoep gleden.
Ze werden getrokken door een man met een groene
muts op.
'Zullen we straks ook gaan sleeën, Timo?' Mark keek in
zijn achteruitkijkspiegel.
Timo haalde zijn schouders op.
'Ja, leuk!' zei Sander. 'Samen met Mieke en Fred.'
Mieke was de nieuwe vrouw van papa.
Fred was hun zoontje van zes.
'Vind jij dat ook leuk, Timo?' vroeg Mark.
'Oké', zei Timo zacht.
Zonder dat hij het doorhad, wreef hij over zijn buik.

3.

Het was niet zo koud buiten.
Toch rilde Timo.
Fred en Sander gilden van de pret.
Ze waren in het bos. Fred en Sander gleden met de slee
van een helling. Timo prikte met een takje gaatjes in de
sneeuw.
Veel gaatjes.
Mark was de helling afgelopen en trok de slee weer
naar boven.
Iedereen lachte.
Mieke fotografeerde.
Fred en Sander als ze de helling opklauteren.
Klik.
Fred en Sander die de slee klaarzetten.
Klik.
Mark die de slee de helling afduwt.
Klik.
Timo die gaatjes prikt in de sneeuw.
Veel gaatjes.
'Nu jij, Timo', riep papa.
Timo schrok op.
Sander liep op hem af en trok hem mee aan zijn mouw.
Het takje viel.
Mark gaf de slee een zetje.
Sander lachte hard.
Timo duwde zijn gezicht tegen de dikke jas van Sander.

Plots werd de slee aan één kant opgetild.
Timo nam Sanders jas nog steviger beet.
De slee hing eventjes scheef en kantelde tenslotte
helemaal.
Sander proestte het uit.
Klik.
Timo wrong zichzelf onder de slee vandaan en klopte
de sneeuw van zijn broek en zijn jas.

Hij klom traag de helling weer op.
'Vond je het leuk, Timo?' vroeg papa. Hij zette Timo's
muts weer goed op zijn hoofd.
Timo trok zich los en liep tot hij het gevallen takje vond.
Hij raapte het op en prikte weer gaatjes in de sneeuw.

4.

's Avonds aan tafel vertelde iedereen over de voorbije dag.
Alleen Timo at zwijgend zijn boterham op.
Hij keek naar de mensen aan tafel.
Hij zag Mieke, die hij niet zo goed kende.
Fred en Sander.
En dan Mark.
Voor Timo was zijn papa bijna net zo vreemd als Mieke.
Hij keek naar Sander.
Hij zag hoe die met papa praatte.
Hij zag hoe die met papa grapjes maakte.
Timo dacht aan Sim.
Met Sim had hij dolle pret.
De papa aan deze tafel was… een meneer die hij af en toe moest bezoeken.

Buiten was het donker geworden.
Timo zat op de bank naast Fred en Sander.
Ze keken naar een tekenfilm over vleermuizen.
Sander en Fred probeerden om te raden wat er verder in de film zou gebeuren.
Ze lachten vaak en hard.
Timo voelde zich eenzaam.
Hij nam zijn teddybeer stevig vast.
Hij dacht dat hij zou gaan huilen en dat wilde hij niet.
Wie zou hem dan troosten?

Mieke had niet die zachte stem van mama.

En Mark?

Die zou de tranen in zijn ogen wel stom vinden.

Zeker nu Sander en Fred zoveel pret leken te hebben.

Timo drukte zijn handen tegen zijn buik.

Het nare gevoel was er weer.

Het waren geen echte krampen.

Maar toch deed het soms pijn.

Het leek alsof honderd vleermuizen wild tekeergingen in zijn buik.

Ook op het scherm verscheen een dikke vleermuis.

Kleine, venijnige tandjes blikkerden in zijn mond.

Spitse, klauwende nagels zaten aan het einde van zijn poten.

Timo wist het nu zeker.

Honderd van die beesten zaten in zijn buik.

Timo merkte hoe Mark vanuit de keuken naar hem keek.

Hij zag een frons boven Marks ogen.

Heel even.

Toen knipoogde Mark naar Timo.

Timo glimlachte kort en keek toen weer naar het scherm.

Hij praatte bijna nooit bij Mark en Mieke.

Zou Mark merken dat Timo verdrietig was?

Hij keek wel bezorgd…

Maar hij had er nog nooit iets over gezegd tegen Timo.

'Zullen we maar eens gaan slapen?' Mark stond naast Timo.

Timo gleed uit de bank en slofte de trap op.

Nu zou Mark Timo onderstoppen, een kusje op zijn
voorhoofd geven, naar de deur lopen, nog een keertje
omkijken en weggaan.

Zo ging het altijd.

'Vond je het een beetje leuk vandaag?' vroeg Mark.

Timo keek zijn vader even aan.

Hij knikte.

De anderen hadden zoveel gelachen.

Het moest dus wel leuk zijn geweest.

Mark bleef enkele seconden naar Timo kijken.

Hij wilde Timo vragen of hij verdrietig was als hij bij
Mark en Mieke was.

Hij wilde vragen of hij iets kon doen waardoor Timo
weer zou lachen.

Maar zoals altijd stelde Mark geen vragen.

Hij stopte Timo onder, gaf hem een zoen op het
voorhoofd, liep naar de deur, keek nog eens om en liep
toen weg.

Precies zoals altijd.

Met zijn handen tegen zijn buik geklemd viel Timo in
slaap.

5.

Het weekend was voorbij.
Timo en Sander waren weer thuis.
Sander vertelde over de dag in de sneeuw.
Mama lachte toen Sander vertelde over de gekantelde slee.
Sim lachte ook.
'Heb jij het een beetje leuk gehad?' vroeg mama aan Timo.
'Timo deed nooit mee. Hij stond aan de kant met stokjes te spelen', verklapte Sander.
Mama knikte en keek naar Sim.
Die avond lag Timo in bed naar de sterren te staren.
Het was een heldere nacht en je kon wel honderden sterren tellen.
Mama liep de kamer in en ging op de rand van het bed zitten.
Ze trok de donsdeken op tot aan Timo's kin.
'Ik wil niet meer naar Mark en Mieke', zei Timo.
Mama knikte.
'Dat zeg je elke keer.'
'Ik wil niet meer.'
Mama begreep waarom Timo niet zo graag ging.
Timo had nooit bij Mark gewoond, maar bij mama en Sim.

Alleen in de weekends en tijdens de vakanties was hij
bij Mark, maar die tijd was te kort om een sterke band
te krijgen.

'Jouw papa wil heel graag dat jij bij hem op bezoek
komt, Timo.'

'Waarom?'

'Omdat hij jouw papa is. Hij ziet jou graag, net als Sim
en ik.'

'Sander gaat al. Dat is toch genoeg.'

'Jij bent ook papa's zoon. Hij wil graag wat tijd met jou
doorbrengen. Als alleen jij bij mij zou wonen, dan zou
ik Sander ook hard missen.'

'Ik ken Mark niet... Sander kent hem wel. Sander kent
jou en Sim ook. Dat is makkelijker.'

'Kan best,' zei mama, 'maar als ik nu eens met je papa
zou praten?'

Timo haalde zijn schouders op.

'Sim is mijn papa.'

Mama zuchtte. 'Sim is niet jouw echte papa.'

'Wat is een echte papa, dan?'

'Iemand die...'

'Iemand die ervoor gezorgd heeft dat jij op deze wereld
bent gekomen', zei Sim en hij ging naast mama zitten.
'Iemand die ervoor gezorgd heeft dat jij naar de sterren
kunt kijken.'

Timo keek Sim een beetje vreemd aan.

Hij begreep het niet helemaal.

'Ik woon bij je mama, Timo. En je weet dat ik heel veel
van jou en Sander hou. Net als een echte papa dat zou

doen. Toch heb ik er niet voor gezorgd dat je geboren werd, dat je een neus en oren en ogen hebt gekregen. Dat hebben je mama en Mark gedaan.'

Sim tikte zachtjes Timo's neus, oren en ogen aan.

'Maar Mark is toch weggegaan.'

'Omdat papa en ik niet meer samen konden leven', zei mama.

'Maar toen Sander geboren werd, bleef hij wel', zei Timo, 'en toen ik kwam is hij weggegaan.'

'Soms vinden grote mensen elkaar gewoon niet meer leuk. Dat heeft niets met de kinderen te maken', zei mama zachtjes. 'Papa vond het heel erg jou als baby achter te laten. Maar het moest wel. We konden niet meer samen in een huis leven.'

'Ziet Mark me graag?'

'Daar ben ik zeker van,' zei Sim, 'ik zie jou ook graag en ik ben niet eens je echte papa.'

'Hoe kun je zo een lieve knul als jij nou niet graag zien?' Mama drukte een zoen op Timo's voorhoofd.

Sim volgde haar voorbeeld en samen liepen ze naar de deur.

Ze hadden hem dingen gezegd die lekker klonken.

Toch voelde Timo zich nog altijd een beetje triest.

Zeker als hij eraan dacht dat hij algauw weer naar zijn papa moest.

Misschien moest hij onthouden dat Mark ook voor leuke dingen had gezorgd?

Hij had er samen met mama voor gezorgd dat Timo de sterren kon zien.

En dat vond Timo wel leuk van hem.
Mark zag Timo ook graag.
Toch?

6.

De volgende ochtend maakte mama Timo wakker.
Het was de laatste week voor de kerstvakantie en het
beloofde een week vol fijne dingen te worden.
De juf had gezegd dat ze niet meer zo heel hard
hoefden te werken.
Natuurlijk zouden ze nog sommen maken.
En lezen kon je ook niet zomaar wegdenken, maar er
lonkte een kerstfeest waar pakjes zouden worden
uitgedeeld.
De juf had beloofd dat ze koekjes en sinaasappelsap mee
zou brengen... Lekker!
Timo keek ernaar uit.
Hij wipte kwiek uit bed en huppelde naar de badkamer.
'Jij bent wel snel vanmorgen', merkte mama op.
'We krijgen vandaag koekjes van de juf', zei Timo.
Hij plensde water over zijn gezicht, net zoals Sim dat
deed.
Mama lachte. 'Je zult nog tot vrijdag moeten wachten
voor je die koekjes krijgt.'
Timo keek beteuterd in de spiegel.
Was hij daarom uit zijn lekkere warme bed gesprongen?
'We moeten trouwens nog een geschenkje kopen voor
onder de kerstboom in je klas. We kunnen het vanavond
na school halen. Wat denk je daarvan?'
Timo wurmde zich in zijn trui.
'Oké', zei hij, maar het klonk sipjes.

Aan tafel staarde Timo naar zijn bord ontbijtgranen.
De chocoladevlokken waren al helemaal wak geworden.
Sim keek Timo met opgetrokken wenkbrauwen aan.
'Geen honger?'
'Ik moet nog een hele week werken op school en maar
één dag kan ik feesten. Dat is gewoon veel te weinig.'
'Toe, Timo,' zei Sim, 'je gaat toch niet zeuren om zo een
akkefietje?'
'Akkewatje?' Timo moest een beetje lachen om dat
gekke woord.
'Een akkefietje. Een kleinigheid? Dat geloof ik niet.'
Timo liet zijn lepel zachtjes in de brij van
chocoladevlokken vallen.
'Kan het zijn', zei Sim met fijngeknepen oogjes, 'dat jij
een leuk vriendinnetje hebt dat je geen twee weken
kunt missen?'
'Ik heb geen vriendinnetje.'
'Mm, ik denk van wel. En je bent verdrietig omdat je
haar nog maar een weekje kunt zien.'
Mama glimlachte.
'Je mag haar in de vakantie weleens uitnodigen', grapte
Sim. 'Wat denk jij, schat?'
'Geen probleem. Timo's vriendinnetjes zijn altijd
welkom', zei mama.
'Je begrijpt er niks van', mompelde Timo en hij keek
mama kwaad aan. Hij schoof zijn stoel van de tafel,
nam zijn boekentas en trok zijn schoenen aan.

Bijna liep hij tegen Sander op.
'Kijk uit je ogen!' riep Sander.
Timo liep verder en plofte neer voor de schoenenkast.
Hij liet zijn hoofd op zijn knieën vallen en trommelde
met zijn voeten en vuisten op de vloer.
'Je stelt je aan, Timo. Doe normaal', zei Sander en hij
schudde zijn hoofd.
Timo kneep zijn ogen stijf dicht.
Niemand begreep hem.
Niemand begreep waar het om ging.
Hij wilde zo graag een fijn feestje.
Een hele week lang.
Timo vond het kerstfeest op school het leukst van alle
kerstfeesten.
Alle kinderen waren blij en de juf was zo lief...
Het nare gevoel in zijn buik was dan helemaal weg.
Bij één kerstfeest waren er wél gekke vleermuizen in
zijn buik.
Timo vierde twee keer Kerstmis.
Een keer bij mama en Sim en een keer bij Mark en
Mieke.

Als het kerstfeest was bij mama wilde Sander altijd naar
Mark bellen om hem een prettig kerstfeest te wensen.
Natuurlijk moest Timo dan ook aan de telefoon komen.
Hij wist nooit wat hij moest zeggen.
Mark stelde wel vragen, maar Timo antwoordde alleen
met 'ja', 'nee', 'misschien'.
Vreemde woelige vleermuizen fladderden in zijn buik.

Pas na het telefoontje gingen de vleermuizen slapen.
Tot de volgende dag, op het kerstfeest bij Mark.
Timo wilde veel liever gewoon naar zijn mama.
Sander leek altijd pret te hebben als ze bij Mark waren.
Timo en Sander belden natuurlijk ook naar mama en Sim.
Elke keer probeerde Timo om dapper te zijn en niet te huilen.
Meestal huilde hij toch, maar stilletjes en heel kort.
Terwijl hij alleen op het toilet zat.
De vleermuizen bleven een hele avond.
Zenuwachtig fladderden ze in zijn buik.
Timo kon niet eten, niet lachen, niet praten.
Alleen maar stil blijven zitten en hopen dat de vleermuizen moe werden.

7.

De auto stopte vlak bij de schoolpoort.
Sander had het portier al geopend.
Hij gaf Sim vlug een zoen en liep toen naar zijn
vrienden.
Sim gaf Timo zijn warme muts.
Timo trok die over zijn oren en stapte uit de auto.
'Vanavond komt mama je halen,' zei Sim, 'jullie gaan
een cadeautje kopen voor kerst in de klas.'
'Weet ik', antwoordde Timo.
Hij sloeg het portier dicht en sjokte naar de
schoolpoort.
Ook hij kwam een vriendje tegen.
Sim startte de auto en reed weg.
Hij vroeg zich af wat er in het hoofd van Timo omging.

De juf stond vooraan in de klas en vertelde wat ze die
week zouden doen.
Timo speelde met zijn schrijfgerei en zuchtte.
Mama had gelijk.
Pas vrijdag was het kerstfeest.
Veel tijd om erover te piekeren kreeg Timo niet.
De juf deelde een blad uit met sommen en iedereen
moest die in stilte maken.
Timo werkte de oefeningen snel af en stak toen zijn
vinger in de lucht.
De juf liep naar hem toe.

Ze boog zich over het blad en tikte een som aan.
'Bekijk deze nog eens, Timo.'
Snel verbeterde Timo het foutje.
De juf knikte goedkeurend: 'Jij mag verder werken aan
je kerstgeschenk.'
'Dat heb ik al afgewerkt', zei Timo.
'Je hebt er ééntje gemaakt voor je mama en Sim. Nu
nog eentje voor je papa en…Hoe heet de vriendin van
je papa ook alweer?'
Timo haalde zijn schouders op.
'Mieke, dat was het, geloof ik. Mieke, niet?'
Timo knikte.
Hij dook weg in zijn boekentas en viste er een leesboek
uit.

'Maak je geen geschenk voor je papa?'
'Ik heb al iets gemaakt', antwoordde Timo.
Hij voelde er niets voor om ook een geschenk voor
Mark te maken.
'Wil je wat anders maken?' vroeg de juf en ze hurkte
naast Timo neer.
'Nee-hee', zei Timo ongeduldig.
De juf drong niet aan.
Ze merkte dat Timo allesbehalve zin had om nog een
geschenkje te knutselen.
Ze wilde graag weten waarom.

Om vier uur stond mama aan de schoolpoort.
Timo zag dat zijn juf met mama aan het praten was.
Er zat een frons in mama's voorhoofd.
Terwijl ze met de juf praatte werd de frons alleen maar
groter en dieper.
Toen zag mama Timo aankomen en haar blik
veranderde.
Ze draaide zich weg van de juf en er verscheen een
lachje op haar gezicht.
Haar mond vormde een brede lijn, maar Timo wist wel
dat er iets mis was.
'Dag lieverd', zei ze en ze drukte een zoen op zijn wang.
'Ik was net even met de juf aan het praten. Zullen we
dan nu een cadeautje gaan kopen?'
Heel diep verborgen hoorde je de klank van verdriet.
Je moest echt flink opletten om het te merken.
Maar Timo hoorde het.

Timo wist hoe mama's verdriet klonk.

'Bedankt', zei ze stil tegen de juf en ze nam Timo bij de hand.

'Tot morgen, Timo', zei de juf. Timo stak zijn hand in de lucht.

'Heb je je handschoenen bij je?' vroeg mama terwijl ze de straat overstaken.

'Ja', antwoordde Timo.

'Moet je ze niet aantrekken? Het is best koud.'

'Wat vertelde de juf?'

Mama zette Timo's boekentas in de koffer van de auto en gooide die met een klap dicht.

Even schrok Timo.

Mama wreef met haar beide handen over haar ogen en haar hele gezicht, alsof ze zich waste en de slaap wilde wegvegen.

'Waarom…' Mama stopte even.

Ze schudde haar hoofd en nam Timo's hand.

Samen liepen ze de straat over.

Timo huppelde stuntelig achter mama aan.

Zijn hand zat stevig in de hare geklemd.

Het deed een beetje pijn.

'Ben je boos, mama?'

Ze stopte.

Haar haren waaiden in haar gezicht.

Timo vond dat ze er wat vreemd uitzag.

Het leek alsof ze allerlei dingen wilde zeggen, maar de woorden niet naar buiten kreeg.

Een heel diepe zucht volgde.

Dan liepen ze weer verder.
Het leek alsof mama zich voorbereidde om iets heel belangrijks te zeggen.
Had hij iets mispeuterd?

Net voor de ingang van de winkel bleef mama staan. Ze hurkte naast Timo neer.
'Lieverd, waarom wil jij geen geschenk voor Mark knutselen?' vroeg ze plots.
'Ik had geen zin om te knutselen. We knutselen al zo veel in de klas, ik wilde liever wat lezen.'
Timo keek mama aan. Zou ze dat smoesje geloven?
Sim zou het zeker niet geloven.
'En dus ga je het morgen wel maken?' Mama leek bang voor het antwoord dat Timo zou geven.
'Of overmorgen. Als ik weer zin heb om te knutselen.'
Timo trok zijn schouders op.
'Lieve schat, je zult toch een kadootje voor papa moeten knutselen.'
'Waarom?'
'Papa heeft voor jou ook een pakje onder de kerstboom en…'
'Sander geeft hem al een pakje en Fred ook!'
'Laat me even uitspreken… En dan zou jij je vast niet lekker voelen als je de enige bent die niets aan papa kan geven.'
'Waarom niet?'
Mama zweeg.
Ze keek in Timo 's ogen.

Waarom wilde hij niets met zijn papa te maken hebben?
'Je papa heeft jou toch nooit iets misdaan?'
Timo schopte een papiertje weg.
Zijn handen zaten diep in zijn zakken.
'Oké', zuchtte mama, 'laten we een cadeautje kiezen.'
De handen in Timo's jaszakken werden kleine, stevige
vuisten.
Zijn onderlip proefde naar bloed.
Mark had hem nooit iets misdaan.
Maar het gaf toch zo een akelig gevoel om bij hem te
zijn.
Timo kon niet uitleggen waarom.

Timo koos een set kleurstiften uit en legde er nog een
vel stickers bovenop.
De keuze was snel gemaakt.
Hij wilde weg, terug naar huis.
De weg naar huis zei geen van beiden een woord.
Timo voelde wel dat mama af en toe naar hem keek.
Thuisgekomen graaide Timo zijn boekentas uit de
koffer en liep hij naar zijn kamer.
Hij zei niets tegen Sim, die net de keuken uitkwam.

8.

Timo gaf zijn boekentas een trap.
Waarom begreep niemand hoe hij zich voelde?
Hij ging op de bank bij het raam zitten en voelde de
vleermuizen ruziën in zijn buik.
Hij was die rotbeesten zó beu.
Elke keer als Timo dacht aan het cadeautje dat hij moest
knutselen voor Mark, waren de vleermuizen daar.
En als hij eraan dacht dat hij het cadeautje ook zelf
moest afgeven, werd het gefladder nog erger.

Hongerig opende Timo de deur van zijn slaapkamer.
Zijn buik rommelde en de geur van soep en gebraden
vlees sloop door het sleutelgat zijn neus binnen.
Hij verliet zijn kamer en sloop op zijn sokken naar de
trap.
Hij hoorde mama's stem in haar slaapkamer.
Even bleef hij staan.
Tegen wie praatte ze?
'Ik zou het gewoon op prijs stellen dat je eens met hem
praatte… Nee, ik weet zeker dat het dingen zou
verhelderen… Ik weet ook wel dat het niet met een
gesprekje opgelost is.'
Timo schoof dichterbij en luisterde verder.
'Ja zeg, als je zo begint… Ga dan voor een keer wat
vroeger weg van je werk, dat is toch niet onmogelijk!
Het gaat hier wel om je zoon!'

Een telefoontje naar Mark?

Een steek schoot door zijn maag.

Timo drukte zijn vuist tegen zijn buik, maar de vleermuizen werden alleen maar wilder.

'Dat zou goed zijn, ja… Morgen… Als dat zou kunnen… Hoe sneller hoe beter, dat vind ik ook. En Mark, Timo is een gevoelig kind, hou daar wat rekening mee… Oké, goed… Daag.'

Mama legde de hoorn op de haak.

Timo schrok op en liep zo snel en zo stil mogelijk terug naar zijn kamer.

Vijf tellen later werd er op zijn deur geklopt.

Mama stak haar hoofd naar binnen.

'Kom je eten?'

Timo knikte en liep achter haar aan de trap af.

Ze repte met geen woord over het telefoontje.

Een samenzwering tussen haar en Mark.

Dat vond hij helemaal niet eerlijk.

Sim zou er ook niet om kunnen lachen.

Zulke dingen doe je toch niet achter iemands rug?

Timo zou Sim later weleens vertellen wat mama had uitgespookt.

Dan zou haar plannetje in het water vallen en moest ze Mark weer opbellen om hem te zeggen dat het niet door zou gaan.

Toen ze in de keuken kwamen, keek Sim op.

Zijn ogen kruisten die van mama en Timo zag dat mama lichtjes knikte.

Sim ging door met het dekken van de tafel.

Timo geloofde niet wat hij zag.

De vleermuizen in zijn buik gebruikten hun pootjes en piepkleine tandjes. Timo had geen honger meer.

Aan tafel at hij amper, maar niemand zei er wat van, behalve Sander.

'Vind je het niet lekker?'

'Ik heb geen honger.'

'Mag ik dan jouw stuk?'

Timo wilde zijn bord naar Sander schuiven.

'Probeer toch maar wat te eten', kwam Sim tussen.

Toen mama en Sim de tafel afruimden, legde Timo het stuk vlees op Sanders bord.

Snel at hij het op.

Timo voelde zich de hele avond onrustig.

Er stond morgen iets te gebeuren…

9.

Het was een vreselijke nacht geweest. Timo was
verschillende keren wakker geworden en kon pas weer
slapen toen ook de vleermuizen moe geworden waren.
Toen hij uit bed moest, voelde hij zich erg suf.
Pas toen hij zijn gezicht waste zoals Sim dat altijd deed,
besefte hij dat er vandaag iets naars zou gebeuren.
Nog voor hij de gedachte kwijt kon raken, waren de
vleermuizen in zijn buik weer wakker geschoten.
Voor Timo naar school vertrok, kreeg hij nog een zoen
van mama.
Ze hurkte voor hem neer en knoopte de sjaal om zijn
nek.
'Beloof je me dat je papa's geschenkje zult maken?' Het
zwarte lijntje rond mama's ogen maakte haar ogen
groter, maar Timo zag dat ook zij niet veel had geslapen.
'Ik zal het proberen', zei hij.
'Proberen is niet genoeg, Timo, ik wil echt dat je het
geschenkje maakt.'
Hier viel niets tegen te beginnen.
'Oké mam', zuchtte hij.
Mama trok Timo tegen zich aan en knuffelde hem.

Toen Timo in de auto stapte, zwaaide hij nog even naar
mama en toen reden ze naar school.
Sim keek in de achteruitkijkspiegel naar Sander en Timo.
Hoe moest hij Timo vertellen dat Mark hem vanavond
van school kwam halen...

Hij vond het geen leuke opdracht.

Sim kon al raden hoe Timo zou reageren.

De auto stopte en Sander stapte uit.

'Amuseer je vandaag!' riep Sim nog, maar Sander was al weg.

Timo wilde net de deur van de wagen dichtslaan, toen Sim al naast hem stond.

Hij boog zich naar Timo toe.

'Timo… vandaag… Vandaag zal mama je niet oppikken.'

'O?' Timo was op zijn hoede.

'Je papa komt je halen vanavond.'

'Mark?'

Nu gingen ze toch echt te ver, die ouders van hem.

'Timo.' Sim zette een stap in Timo's richting en hurkte voor hem neer.

Timo zette een stap achteruit.

'Ik begrijp dat je boos bent, maar je mama en ik willen heel graag dat het probleem met je papa wordt opgelost.'

Probleem? Het waren die vleermuizen, die waren het probleem. Maar daar wist niemand wat van.

'Je papa komt je van school halen en jullie zullen samen iets leuks gaan doen.'

Iets leuks doen?

Met Mark?

'Gaat Sander ook mee?'

'Nee, het is een uitstapje voor jullie twee.'

Een uitstapje?

Het zou wat.

Een uitstapje moest leuk zijn, met leuke mensen, op een leuke plek

Hoe ver kon je komen op een dinsdagavond na school?

Zoiets vond Timo geen uitstapje.

'En waarom gaat Sander niet mee?'

Sim zuchtte. 'Het zal best meevallen, Timo.'

De vleermuizen vlogen bruusk alle kanten op.

Misselijk omklemde Timo zijn boekentas.

Hij keek naar Sim en zag dat zijn ogen hem bezorgd aankeken.

'We willen gewoon dat je je goed voelt', zei Sim zacht.

Wat een flutexcuus!

10.

In de klas kon Timo de vleermuizen in toom houden tot
hij al zijn rekensommen had gemaakt.
Hij wist dat hij nu zijn kerstgeschenk moest afwerken.
'Ben je klaar, Timo?'
'Nog niet helemaal', antwoordde Timo stil.
De juf boog zich over hem heen.
'Al je oefeningen zijn afgewerkt.'
'Ik moet ze nog eens nakijken.'
'We zullen het samen doen', zei de juf en vliegensvlug
gleden haar ogen over de oefeningen.
Hoe kon ze dat zo snel zien?
'Dat is in orde, hoor. Neem je knutselgerief maar.'
De juf had amper vier tellen naar de oefeningen
gekeken!
Timo nam wat knutselspullen uit zijn bank.

Schaar, meetlat, lijm, papier…
Opeens kreeg Timo een idee.
Hij stak zijn vinger op en vroeg aan de juf of hij even
tot bij haar mocht komen.
'Ja Timo?'
'Ik heb een idee.'
'Ik luister.'
'Ik heb een idee voor een cadeau.'
'Een cadeau voor je papa?'
'Ja. Voor Mark. Het is wel niet hetzelfde als wat we
moesten maken.'
'Wat wil je dan maken?' vroeg de juf.
'Een vleermuis.'
De juf trok haar wenkbrauwen zo hoog op dat ze bijna
in haar kapsel verdwenen.
'Een vleermuis… Dat is meer iets voor Halloween, vind
je niet?'
'Nee', zei Timo kordaat.

De juf leunde achterover in haar stoel.
'Een vleermuis,' mompelde ze, 'en hoe wilde je die maken?'
'Met gekleurd papier en touw met ijzerdraad in voor de poten en zo.'
'Ik ben wel blij dat je iets wilt maken, alleen past het niet zo goed in het thema.'
'Ik zal hem een groen lijf en rode vleugels geven', probeerde Timo, 'en glitters op zijn vleugels.'
De juf aarzelde.
'Oké dan, voor een keer mag het.'
De juf liep met Timo mee en samen zochten ze in de knutselkast naar gekleurd papier en glittertjes voor de vleugels.
'Hier zijn zilveren hartjes', zei de juf en ze toonde een doosje, 'of sterretjes.'
Timo nam de sterretjes.
Terwijl hij aan de vleermuis werkte, werden de vleermuizen in zijn buik wat rustiger.

Na schooltijd waren ze weer terug.
Traag trok Timo zijn jas aan.
De boekentas die 's morgens licht in zijn hand had gelegen, leek nu loodzwaar.
Timo zwaaide de tas op zijn rug en sjokte met de rij kinderen mee naar buiten.
Het was koud, maar de zon scheen fel en recht in Timo's ogen.

Hij zag een grote man. Was dat Mark? Timo kon het gezicht van de man niet zien.

De man bewoog.

Nu zag Timo het.

Het was Mark.

Hij had een rode jas aan en een rode pet op zijn hoofd.

Toen Mark Timo zag, stak hij zijn hand op en liep naar hem toe.

'Hey Timo,' zei hij en hij gaf hem een zoen, 'had je niet gedacht hè, dat ik hier zou staan.'

'Sim had het me verteld.'

'Oh… Dan was het geen verrassing meer', zei Mark en hij nam de boekentas van Timo over.

Hij opende zijn grote hand.

'Toch wel een beetje', mompelde Timo en hij legde zijn hand in die van Mark.

De vleermuizen fladderden en Timo's hand zweette.

11.

Het bleef stil tussen hen.
Alleen de bladeren ritselden onder hun voeten.
De wind deed de kale takken kraken.
Timo's hand rustte nog steeds in Marks grote hand.
Timo probeerde af en toe aan de greep te ontsnappen.
Soms lukte het.
Toen Mark de boekentas in de auto zette.
Of toen hij geld in de parkeerautomaat stopte.
Maar meteen daarna nam hij Timo weer bij de hand.
Ze liepen in de richting van het park.
'Hoe was het op school?' vroeg zijn vader onverwacht.
'Goed.'
'Goed' was te kort.
Als je alleen 'goed' antwoordde, was je gesprek meteen
ten einde.
Timo werd er wat zenuwachtig van.
En de vleermuizen in zijn buik ook.
'Wat heb je gedaan in de klas?'
'Gerekend, gelezen en geknutseld.'
'Geknutseld ook?'
'Ja, voor kerst.'
'Fijn.'
'Ik mag nog niet zeggen wat het is.'
Mark lachte.
'Dat dacht ik al. Een verrassing voor de ouders.'
Terug stilte.

'Vind je dat niet lastig, Timo, voor vier mensen een geschenkje maken?'

Ze stonden bij de vijver in het park.

Timo haalde zijn schouders op.

'Ik heb geen vier geschenkjes gemaakt.'

Het klonk verontschuldigend.

'Nee, maar dat hoeft ook niet, hè. Je hebt eigenlijk maar één mama en één papa.'

Timo staarde naar de eenden in het water.

Zouden die het koud hebben?

Mark zuchtte.

'Het is wel gek, hè, zo opeens met mij alleen?'

Timo draaide zich om.

Mark zat op een bankje.

'Je kent me niet echt', ging Mark verder, 'en ik ken jou niet echt.'

De grote man leek opeens veel kleiner, veel dichterbij ook.

'Ik wil maar zeggen…'

Mark keek op.

Hij heeft dezelfde ogen als Sander, dacht Timo.

Blauw en eigenlijk wel aardig.

'Ik wil maar zeggen dat ik het begrijp als je… als je het niet zo fijn vindt bij mij.'

Timo durfde zich amper te bewegen.

'Misschien moeten we af en toe samen wat leuke dingen doen. Dan leren we elkaar beter kennen.'

Er viel weer een stilte.

Alleen de eenden maakten zachte geluidjes in het water.

'Ik wil je echt graag beter leren kennen. Dat klinkt natuurlijk heel gek. Je bent mijn zoon. En toch ken ik je niet echt.'

Hij staarde voor zich uit en leek heel hard na te denken.

Timo deed aarzelend een paar stappen naar voren.

'Ik wil je ook wel leren kennen.'

Mark keek op.

Hij streek Timo over de haren en lachte.

Toen Timo in bed lag, dacht hij aan de voorbije middag.

Hij kon zich niet herinneren dat hij ooit zo lang alleen bij Mark was geweest.

In het begin had hij het akelig gevonden.

De vleermuizen hadden hun tandjes in zijn buik gezet.

Nadien, bij de vijver, waren ze rustiger geworden.

Misschien viel Mark nog wel mee.

12.

Eindelijk was het vrijdag.
Schrijfgerei, rekenbladen, leesboeken, alles mocht in de boekentassen.
Het beloofde een spannende dag te worden.
Niet alleen omdat het kerstfeest was in de klas, ook omdat Mark Timo en Sander 's avonds zou oppikken.
De vorige avond had Mark gebeld.
Timo had de telefoon opgenomen.
'Jou wilde ik net spreken', had Mark gezegd.
Het leek alsof hij lachte.
'Wat zou je ervan denken als ik jou en Sander morgen ophaal van school?'
'Oké,' had Timo gezegd, 'dat is goed.'
'Dan doen we samen iets leuks voor we naar huis gaan. Een pizza eten en naar de film gaan. Wat denk je?'
'Alleen wij drietjes?'
'Alleen wij drietjes', had Mark geantwoord.
Toen was mama gekomen en zij had met Mark verdere afspraken gemaakt.

En nu was het zover.
De schoolbel had gerinkeld en kakelende stemmetjes galmden door de klas.
De juf moest roepen om zich verstaanbaar te maken.
'Neem allemaal jullie knutselwerkjes en ga rústig in de rij staan.'

Timo's vleermuis brandde in zijn hand.
Hij had hem in goudkleurig geschenkpapier verpakt.
De vleermuis zelf had een groen lijf gekregen, rode
vleugels met glittersterren en een lachend gezichtje.
De fijne, scherpe tandjes priemden hier en daar uit zijn
mond.
Maar de vleermuis leek niet echt kwaadaardig.
Eerder grappig plagerig.
Toch kriebelde het in Timo's buik.
Ze zijn er nog, dacht Timo. Ze zijn wel rustig, maar ze
zijn er nog.
De vleermuis werd gloeiend heet toen Timo Mark zag
staan.
Het leek alsof hij wilde weg fladderen.
Hop, naar Mark!

'Wat heb jij allemaal bij je?' lachte Mark.
Timo reikte hem zijn boekentas aan.
Sander kwam ook aangelopen en met hun drietjes
stapten ze naar de auto.
De vleermuis deed nu echt wel moeilijk.
Ze glipte door Timo's vingers en viel op de grond.
Het geschenkpapier scheurde.
'Hola,' zei Mark en hij raapte de vleermuis op, 'wat een
leuk ding.'
Timo zette grote ogen op.
Mark had in de verpakking gepiept!
'Het is voor jou', zei Timo toen Mark de vleermuis
terug wilde geven.

'Voor mij?'
'Je mag je cadeautje nu nog niet geven. Het is nog geen
Kerstmis', zei Sander.
'Van mij mag hij het nu hebben... als hij wil.'
Mark opende de auto.
'Ik kan wel wachten tot Kerstmis', zei Mark.
'Maar je hebt het nu toch gezien.'
'Tja...'
Timo wilde liefst zo snel mogelijk van de vleermuis af.
Stiekem hoopte hij dat alle vleermuizen dan uit zijn
buik zouden verdwijnen.
Floeps! Allemaal weg!
'Dan maak ik het pakje nu helemaal open', zei Mark.
Timo's gezicht klaarde op.
Hij ging naast Mark staan en wachtte.
De vleermuis kwam helemaal te voorschijn.
Mark lachte.
'Fantastisch!'
Sander fronste zijn wenkbrauwen.
'Zo een knappe vleermuis heb ik nog nooit gezien!'
Timo's wangen knelden onder de grote glimlach.
'Wat origineel! Heb je dat zelf bedacht?' vroeg Mark.
Timo knikte.
'Een vleermuis... Hoe kom je daarbij?'
Sander begreep er niets van.
Hoe moest Timo dat nu uitleggen?
Mark legde zijn hand op Timo's schouder.
'Heel mooi, knul.'

Mark trok Timo naar zich toe en gaf hem een zoen. Honderd vleermuizen stoven op en vlogen weg. Een heerlijk gevoel.

13.

Timo, Sander en Fred zaten rond de kerstboom.
Timo's lachende vleermuis hing aan de kroonluchter
boven hun hoofd.
Hij draaide eindeloze rondjes in de lucht.
Onder de kerstboom lagen pakjes in alle kleuren, met
prachtige strikken eromheen.
Ze smeekten om uitgepakt te worden.
'Wat een ongeduld!' zei Mark, toen hij de jongens met
gretige ogen zag kijken.
Mieke volgde.
'Wie eerst?'
Drie stemmetjes riepen: 'Ikke!!!'
Iedereen lachte.
Mieke fotografeerde.
Klik.
De vleermuis draaide lachend in het rond.
In Timo's buik was het rustiger dan ooit tevoren.
Maar als hij zou zeggen dat alle kriebels weg waren, zou
hij liegen.
Maar het waren andere kriebels.
Leukere.